세월 품은
고향 풍경화

박주민 시집

세월 품은
고향 풍경화

가난도 고달픔도
그저 즐겁기만 하던 시절
지금도 뒷동산에 진달래는 피었겠지

바른북스

　　얼었던 땅이 조금씩 기지개를 켜는 건지 앙상했던 매실 나뭇가지에 파리 눈 같은 작은 멍울들이 오는 봄을 예감케 한다. 하지만 나는 아직 두꺼운 겨울옷을 벗기가 싫다. 내 어린 날 안개 자욱한 새벽길 따라 누렁소 풀 먹이러 다니던 그때의 희망은 배불리 먹고 새 옷 한번 입었으면 하는 바람뿐이었다. 그래서 새 옷이 아직도 좋은 것일까. 지금 그때의 바람은 이루어졌지만, 가슴 한구석은 항상 허전하다. 생활이 궁핍하더라도 그 시절로 다시 돌아갈 수 있다면 분명 인생의 밑그림을 더 크고 진하게 그릴 수 있을 것만 같다.

해마다 맞이하는 봄이지만 올봄은 유난히도 내 마음속 깊은 곳에 생각의 줄기가 많이 자라고 있다. 늙어가는 내 육신에 절룩거리는 걸음과 발자국을 옮길 때마다 느끼는 고통은 내 가족들도 모르겠지 하는 마음이다. 그럴 때면 슬프고 눈물이 난다. 이것은 내 인생에서 비극이리라. 푸르렀던 나의 젊은 날, 모두가 부러워하던 내 발걸음은 사라져 버리고 없다. 이런 나의 불편한 몸에 돌파구는 없는지 고민했었다. 현대 의학으로도 고칠 수 없다는 의사들의 진단 결과가 나를 더 슬프게 했지만, 한편으로는 이 정도도 다행이라고 자위를 해본다. 너무 비관만을 가질 것이 아니라고 생각하면서 슬픔을 참는다.

　　매일 펜을 들어 마음 깊숙이 지녀온 말들을 종이 위에 털어놓는 것이 이제는 나의 일과가 되었다. 혈관을 짜내어 혈서를 쓰는 심정으로 써 내려가는 사연은 내 삶의 현주소이리라. 젊은 시절, 다방 한구석에 앉아 흐릿한 담배 연기 저편에 아련히 떠오르던 얼굴들도 세월의 이끼가 끼어 차츰 퇴색되어 잊혀간다. 조금만 건드려도 울음이 터질 것 같은 가슴으로 살아온 세월, 불타고 남은 가슴에 잿더미를 알아줄 사람이 있을는지.

누가 나에게 따뜻한 말 한마디라도 건네준다면 평생 잊을 수가 없을 것 같다. 푸르스름한 저녁 안개처럼 눈물겨운 사연도 있고 찢긴 깃발인 양 영혼으로 펄럭이는 사연도 있으련만… 나는 항상 울먹이다 그친 멍울 가득한 가슴 안고 살아간다.

생각해 보면 나의 일생은 평안한 삶은 아니었다. 이삿짐을 이곳저곳으로 옮기고 아는 사람을 마을 곳곳에 두니 생활이 어지러웠다. 원두리 큰 집에서 결혼하고 꼭 백 일 만에 아버지와 계모가 계신 갯마을 도명으로 갔다. 작은 살림살이를 지게에 지고 가서 이삼 년을 거기에서 살았다. 의신면 신촌에서 살던 형님이 군내면 연산으로 이사 가니 내가 벼 50가마니를 주고, 그 집에 들어갔다. 신촌 그 초가집에서 군대 제대하고 아들 셋 낳고 농사짓고 열심히 살았다. 어쩌면 그때가 젊었으니 가난했어도 좋은 날이 아니었나 싶다.

신촌에서 16년 살다가 둥지를 옮겼다. 기억도 가물가물한 오래전 일이다. 명금의 친한 친구들이 경운기에 땔감 나무를 먼저 싣고 갔고, 나도 십여 일 후 살림살이를 옮겨 인생의 목질부를 완성시켰으니 형님이 이미가 살던 그곳, 군내면 연산이었다. 그 동네에서 나는 가끔 빛나면서 존재감 있게 살아왔다. 마흔두 살의 젊은 나이로 간 연산에서의 30년 세월 동안 아픔과 웃음이 있었다. 그 세월 안에서 철부지 자식들은 모두 성인이 되어 도시에서 잘들 살고 있고, 나는 볼품없는 노인이 되었다. 또, 이웃으로 살다가 말 한마디 없이 광주로 이사 가버린 형님을 생각하면 슬픔이 진하게 몰려오기도 했다.

그렇게 연산에서 30년을 살고 또 터전을 옮겨 짐을 풀었다. 나는 한곳에 안착하지 못한 석양길의 나그네였다. 군내면 연산을 뒤로 두고 진도 터널을 지나올 때 웃음도 울음도 아닌 그저 멍한 마음뿐이었다. 여름 내내 집을 사러 읍내 골목을 누볐다. 아는 이들에게 부탁도 하고 복덕방을 찾아다니면서 남모르게 서러움도 겪었다. 날씨는 왜 그리도 무더웠던지. 막내아들이 결국 인터넷으로 고른 백두아파트에서 나의 노년의 삶이 시작되었다. 신의 가호가 있기를 다시 한번 빌었다. 삶의 환경이 변한다는 건 나이 들어도 언제나 긴장감을 주는 법이다.

불혹이 넘은 자식들에게 나는 옛날처럼 이름을 불러보고 싶다. 나의 마음속에는 신촌 초가집에서의 어릴 적 일들이 떠오른다. 지금의 나이와 인격 같은 건 생각하지 않고 어린 내 자식 그대로 간직하고 싶다. 이상은 하늘로 뻗어 있지만 현실 앞에서는 항상 움츠리며 살아온 삶이었다. 열여섯에 어머니를 여읜 큰 상처가 내 운명의 어두움을 낳게 한 것만 같다. 그럴 때마다 자식들에게 큰 상처를 주지 않는 부모가 되어야겠다는 각오를 마음 깊이 간직하며 살았다. 현 사회는 가족이 인생의 가치를 가늠하는 기본적 요소이다. 사회를 살아가는 우리는 과연 어떤 길을 걸어야 할까?

그날이 언제일지는 알 수 없지만, 가족과의 영원한 이별이 얼마 남지 않았다는 생각에 두려움과 슬픔이 가슴을 짓누른다. 하지만 세상을 당장 떠난다고 해도 큰 미련이나 마음속의 부담 같은 것은 그다지 많지 않다. 무엇보다도 자식들이 잘 살고 있고 우애가 깊은 형제로 지내고 있으니 부모 된 우리는 편안하게 떠날 수 있을 것만 같다. 또 며느리들과 사위가 착해서 마음이 놓인다. 자식들을 생각하면 나는 늘 복 많은 사람인 것 같아 흐뭇하다. 형제간 서로 돕고 소식 전하면서 정도 (正道)가 아닌 길은 걷지 말기를 진심으로 바란다.

잠에서 깨어, 아직 잠자고 있는 아내를 바라본다.

저녁이면 손마디가 저려 온다고 손가락 주무르는 것을 보곤 한다. 마음이 아프다. 쉬지 않고 남의 집 일을 하고 밤이 되면 들어오는 아내의 마음에는 나에 대한 원망도 있었으리라. 하지만 내색하지 않는 모습이 그저 고맙기만 하다. 고개 숙여 고마운 마음을 전한다. 네 남매를 잘 키운 것도 실은 아내의 성실과 근면 덕분이었다.

마음을 담을 수 있는 병이 있다면 그 병을 흔들어서 쌓인 찌꺼기들을 분리하고 싶다. 그리고 아름다웠던 추억들만 골라 깨끗한 유리병 속에 넣어두고 고이고이 간직하며 들여다보고 싶다. 그 안에는 나의 사랑하는 가족들이 언제나 살아 있을 것이다.

차 례

머리말

4부

세월

꼬리말

1부

가족

어머니

새벽 별 머리에 이고
보리방아 찧어놓고
부뚜막에 걸터앉아
누룽지로 끼니 삼고

여섯 자식 담았던 배
치마끈으로 졸라매고
산밭골 사래 긴 밭
김매시던 어머니

솔가지 타는 연기
눈이 매워 울었던가
고달픈 세상살이
설워 흘린 눈물인가

읍내 장 다녀오면

깨엿 사서 쥐여주던

검은 머리 무명옷에

키가 컸던 내 어머니

아버지

홋중우 짚신 발로 산전 밭 일궈내고
장군 통 포개어 지고 언덕길 올라가며
등줄기 흐르는 땀에 옷자락 젖으시던
주름 많던 그 얼굴이 허공에 그려진다

소먹이 꼴을 베어 지게 가득 세워놓고
풍년초 말아 물고 먼 산 보며 피우시며
어깨를 두드리시던 흰옷 입은 그 모습이
세월 지난 오늘에도 그날인 듯 완연하다

누나야

보리 짚 광주리에 산딸기 함께 따고
질경이 풀잎 엮어 제기차기 같이 하고
누룽지 긁어모아 몰래 주던 내 누나야

학교길 징검다리 업어서 건네주고
몽당연필 한데 모아 깎아주며 웃음 짓던
소나무 학 그림을 수 놓던 내 누나야

눈 내리던 겨울날 가마 타고 시집가서
이바지 떡 해오면 동네방네 잔치하고
어머니 무덤에서 슬피 울던 우리누나

벌초

저승으로 떠난 육신에게
영혼이라는 게 있는 걸까
조상님 묘지에 엎드려
빌어보는 내 간절한 하소는
그저 후손들 잘 보살펴 주시라는
기도 하나뿐이다

어머니 아버지 위에 할아버지 할머니
잔디 덮인 묘지 그 앞에 엎드려
술 한잔 올리면서 절을 드리면
차분하던 내 마음에 파문이 일고
지난날의 기억들이 가슴을 울리면
못다 한 효를 뉘우치면서도
이렇게 벌초를 하는 것이
그나마 작은 효도라고 자위해 본다

어머님 산소에는

어머니 무덤가에 할미꽃 피었을까
이 봄이 다 가도록 뵈옵지 못한 불효
진달래 피기 전에 문안 인사 드려야지

지난해 이맘때 심었던 철쭉들이
어머님 미소처럼 꽃으로 피어나면
그날의 따스한 음성 그 꽃에서 들리겠지

술잔을 올리면서

설 차례를 모시고
멀리 조상님들 계신
산소에 달려간다
반겨주는 이 없어도
조상님께 술잔을 올리면서
엎드려 절을 드리는 순간만은
생전에 못다 한 효도인 양
내 마음 흐뭇하고 기쁘다
웃는 얼굴로 내 머리를 만져주시듯
포근한 마음 가슴에 넘칠 때
부족한 이 아들 이 손자 가는 길에
조상님의 보살핌이 계시리라고 믿습니다

제사상 앞에서

주과포혜 곱게 담아 제상에 진설하고
홍동백서 동두서미 의례 섬겨 올리오니
부모님 전 엎드려서 비는 마음 간절하다

현고학생 부군신위 아버님의 하얀 수염
현고학생 김해김씨 어머님의 따스한 음성
세월 건너 그 시절 부모님의 모습 그립구나

화장터에서

늙으면 죽는 거라고
큰 병 들면 어쩔 수 없는 거라고
마음 추스르며 참았던 울음인데
화장장 화로에
누나 육신 던져질 때
하늘 보고 땅을 치며
통곡하며 울었다
조카들 울음 멎을 때쯤
한 줌 재가 되어 돌아온 누나
울던 건 오히려 사치였었다
눈앞에 아른거리는
키가 훤칠하게 크신 누나 얼굴이
허공에 그려지고 사라지고
지나간 그 세월에 주고 가신
누나의 사랑 앞에
고개 숙여 명복을 비옵니다

가족사진

벽에 걸린 가족사진 안경 쓰고 다시 보니
잘생긴 내 아들딸 오늘도 역시구나
회갑 때 찍었으니 그땐 나도 젊었었네

귀여운 며느리들 긴장된 얼굴 표정
무엇이 즐거운지 웃고 있는 사위 얼굴
그 앞에 표정 없이 앉아있는 외손녀

이제야 알았네

그저 얻은 행복이 아니었네
저절로 생긴 웃음이 아니었네

새벽 별 머리에 이고
몸뻬 입고 일 나가는
아내의 거친 손으로
긁어온 행복인 줄 이제야 알았네

논 갈고 밭 일구어
자식들 키우고 가르쳤지만
거룩한 아내의 손으로
땀으로 쌓아온
내 가정의 화평을 왜 나는 진작 몰랐을까?

빨리빨리 만이 최선이라고
투정과 불만으로 다그쳐 온
못난 지아비의 때늦은 후회

텅 빈 방에 앉아

참회하며

넋두리로 풀어 본다

천사 같은 당신

당신을 내 사람으로 고른 것은
내 인생에 가장 큰 행운이었고
나를 택한 당신은 가장 큰 실수였다
당신은
메마른 내 뜰에 정원을 가꾸고
나는 그 피어나는 꽃내음에 취해
천상에서 살았다

나를 위해
인고의 세월을 헤엄쳐 온 당신에게
나는 무엇으로 보상해야 합니까?
짜증도 푸념도 포근히 감싸주고
이 못난 지아비를 우선으로 여겨주고
토실한 자식만이 가장 귀한 재산이라며
흐뭇하게 웃으시는 당신은
어느 별에서 내려보내신 천사입니까?

졸업

형설의 열여섯 해
청송가지에 매어놓고
안으로만 끓는 정렬
다독거려 잠재우고
서투른 나래 짓이 언제쯤 비상할까

풍진을 모르는 채 백설 같은 매찬지조
투명한 가슴으로 가꾸어 온 내일의 꿈
펼쳐질 무지개가 창공에 그려진다

-막내아들 대학교 졸업식 날

가진 건 없어도

가진 것 없어도 부러워하지 않았고
사고 싶은 것 못 사도 불편하지 않았다
재물보다 귀한 것이 마음이라 믿었기에

자동차 바퀴처럼 바삐 도는 세월 속에
너도 있고 나도 있어 우리 함께 가는 세상
그 안에 자식들 있으니 부러울 것 하나 없다

귀여운 손주

서투른 아장걸음 넘어질까 걱정하고
도리도리 고갯짓에 목 아플까 근심했다
짝짜꿍 손뼉 치는 고사리손 어여뻐라

까만 눈 맑은 웃음 세상 먼지 묻지 않고
까꿍 하면 자지러지게 웃음 웃는 손주 녀석
토실하게 자라거라 그저 건강만 하여다오

아들 삼 형제

잘생긴 것이 과하다고
영리한 것이 지나치다고
동네 사람들은 말했다
보여주고 자랑하고 싶은 장남
초라한 내 삶을
보상해 줄 거라고 믿은 유일한 존재
하지만 세월 흘러
나와 벽이 생긴 것 같아 야속하다
아! 좀 더 자주 만나고 싶다
보석 같은 첫째를

가냘파 보이지만 강인한 둘째
형제와 부모의 끈을 이어가는 아들
돌발적인 말과 행동은 가장 큰 걱정이었으나
잘 사는 모습 보면서
감사하다는 말이 절로 나올 수 있었다
눈물겨운 육아일기는

아직도 가슴을 아프게 한다

막내가 태어나지 않았더라면
얼마나 허전하고 허망했으랴
어딜 가나 귀염받는 셋째
시골에서 보기 힘든 보물이었다
구김살 없는 너의 삶은
이 부모의 비타민이어라

나의 아들 삼 형제!
그저 한 몸처럼 지내게 해 주라는
간절한 기도를 올립니다

생일 케이크

아내 생일이라고
여름 무더위 뚫고 고향에 내려온
아들 며느리 손주
부모의 고향 또 이어지는 핏줄

생일 케이크 불붙이고
축하합니다 노래 부를 때
즐거움과 함께 걱정이 올라온다

꽃처럼 화려하고 화목한 가정이
혹시 깨지지나 않을는지
웃음 속에 눈물 흐르네

부모 마음은 언제나
걱정 걱정이나
오늘 만은 생일 케이크의 촛불
나도 힘차게 불어보자
맘껏 웃어보자

나는 행복한 사람

죄짓지 않았으니 누가 날 잡아갈 일 없고
쌀통에 쌀 가득 담겨 있고
방 안 TV 고장 없이 작동 잘되니
세상에 두려움이 뭐가 있으랴마는
병원 앞 지나갈 때면 마음이 조여들고
가운 입은 의사들을 보노라면 두려움이 앞선다.

남을 미워할 일 없으니 그들 또한 나를 미워할 일
없고
어려울 때 빌린 돈 모두 다 갚았으니 마음 무거울
게 없다.
그러나 거울 앞에 서서 내 얼굴의 주름을 보면
세월의 의미를 알 것도 같아서 슬퍼진다.

객지에 사는 자식들 모두 잘 있다고 전화 오고
우선은 병원에 갈 일 없으니
내가 가장 복된 놈이라는 마음이다.
남들은 자가용 타고 뽐내지만
나는 오토바이 타고 불편 없이 가고픈 곳 다니고
남들은 외국 관광 다녀왔다고 자랑하지만
나는 진도가 좁다 하고 날아다닌다.

쌍계사며 신비의 바닷길 축제, 세방낙조 가서
지는 해 보며 비는 것은
지금 이대로만 살게 하여 주소서라는 기도이다.

술 한잔 마시고

참이슬 소주 석 잔 목젖 너머 털어 넣고
세상이 내 것인 양 부러울 것 하나 없다
잊혀진 옛 노래들 실타래로 풀어진다

술기운 힘을 빌려 당신께 하고픈 말
오늘은 숨김없이 모두 털어놓으리라
여보 고마우이 목숨 다하도록 사랑하네

소포를 보내면서

쌀자루 곱게 묶어 자식들에게 보내면서
마늘 넣은 종이상자에 고춧가루 눌러 담고
구석진 빈 자리는 참기름 병으로 채웠다

이놈들이 물건 받고 무슨 깊은 생각 할까
부모의 정 보냈으니 그 정 먹고 잘 살아라
타향살이 찬바람에도 굳건히 지내다오

작년 설에 사준 잠바 올겨울 추위 막아주고
자주 하는 전화 소리 곁에 있는 듯 반갑단다
따뜻한 그 효심을 내가 어찌 모르겠나

수표 한 장

여름 휴가 때
아들 부부가 내려와
주고 간
수표 한 장

아내는
회관과 점방을 돌며
며칠을 자랑했다

참깨 두 되 기름 짜고
태양초 스무 근 빻아
택배로 보낸 것이
수표 두 장이 넘는데

서울에선
아직도
소식이 없다

고맙다는 인사보다
목소리가 듣고 싶어

연속극 보다가
전화기 보다가
밤하늘 별을 보다가

한숨과 함께
하루가 간다

가족

막내입니다

내 기억 저편
내 삶의 전편에 떠오르는 얼굴
열여섯 되던 해 하늘로 떠난 어머니 얼굴

인자하신 모습 낮은 목소리로
나를 부르시던 어머니

거친 손으로 건네주시던 깨엿
무명옷에 무명수건 쓰고
마을 공동 우물가에서 물 길어
머리에 이고 걷던 그 모습이
반백 년이 더 된 옛이야기

원두리 앞 산소에 고이 쉬며
막내아들 보시겠지
자애로운 눈빛 음성 그리면서
노인이 된 이 아들은 언제나
어머니의 어린 막내입니다

염색

백발 위로
얼레빗이 지나면
맥없던 종아리의
힘줄이 부푼다

검은 약 머금은
머리가 달라붙으면
무정하게 흩어졌던 세포들이
팔십 년 세월 줄기 타고
연어 되어 돌아온다

하지만
그 시절 첫사랑
소녀에게 다가가도
말 한마디 붙일 수 없는 건

주름진 손길로 약을 바르는
아내 때문이다

거울에 비친 구부정한 고목이
오늘도 나의 옆에
있기 때문이다

사랑의 기도

우리들 사랑의 길에 언제까지나
슬픈 노래는 부르지 않게 하시고
그 진한 정(情)의 교차로 위에는
사랑 열차만이 왕복하게 하소서

우리 만나 뜨거웠던 자리들을
서로의 가슴에 깊이 새기게 하시고
그곳에서 속삭였던 아름다운 밀어들을
세월 지난 훗날에도 기억하게 하소서

우리 삶이 끝나는 순간까지
사랑이 가장 큰 보람으로 남게 하시고
티 없이 맑은 순수한 너와 나
한 조각 후회 없는 삶 되게 하소서

성묘

차에서 내려
오솔길 걸어
억새풀 헤치고 들어간 산속
어머니 아버지 거기에 계셨다
낯익은 산자락에 주무시고 계셨다
바람은 소나무 가지를 흔들고
나는 시간을 뒷걸음질하여
옛날을 생각하며 절을 올리는데
물어도 대답 없으시고
불러봐도 소리 없이
놀란 새들의 깃털만이
허공에서 쏟아져 내렸다

사모곡(思母曲)

강냉이 수염이 피어나는 계절

오이 서리하다 붙잡힌 날

주인에게 손을 비비면서

용서를 빌던 어머니

숨바꼭질하고 흙탕 옷으로

돌아온 밤이면

모깃불 피워가며

암소 모기 쫓던 그 정성인데

자식 사랑은 오죽 했으리요

달여 먹은 한약 찌꺼기 헤집어

감초 뿌리 골라 씹던 감미로운 맛처럼

어머니 젖가슴에서 풍기던 사랑

장바구니 뒤져서 깨엿 먹던

동구 밖 큰 바위 깎여지고

쌀자루 이고 다니시던 읍내 장에

하루에도 서너 번씩 버스가 다닙니다.

품 안 자식

민들레 홀씨처럼 바람에 흩어져서
어디론가 날아가 사는 게 자식일까?
손가락 하나하나 깨물면 다 아픈데

품 안에 있을 때가 자식이란 게 참말일세
부모보다 더 큰 키가 대견스럽기도 하지만
나의 노쇠한 마음이 감돌아 서러운 밤이여!

2부

친구

너는 가고

친구 인연 오십 년이 끝나버린 날
목련꽃 피어나던 봄날이었지
문득 꿈처럼 흘러
한 줄기 바람같이 가버린 친구여
세월의 허무함을 그대 보며 알았네
한번 가면 다시 올 수 없는 그곳에서
세상의 온갖 번뇌 모두 잊으시고
지난 우정의 끈 그 줄마저 버리시게

왕고개에서

삼별초 한이 서린 왕고갯마루에서
그날의 피가 맺힌 절규를 듣는 듯이
산새의 울음소리 내 마음을 들쑤신다

이 고개 넘나들며 다니던 중학 시절
굶주린 보리밥이 그토록 먹고 싶어
도시락 펼쳐놓고 함께 먹던 동무들아

그리워라 동창이여

백봉산 정기 받고 꿈을 키운 너와 나
명금 호수 맑은 물에 몸과 맘을 닦은 우리
세월은 흘렀지만 우리는 한집 식구

찬 바람 몰아치는 운동장에 홀로 서서
그날에 지즐 대던 옛동무들 그려보니
눈시울 적셔오는 추억 깃든 그리움아!

명금 동문회에서

만나는 사람마다 악수를 하고
만나는 사람마다 웃음 띤 얼굴.
오랫동안 소식 몰랐던 단절을
오늘 이 한 자리에서 죄 풀어보자.
가슴에 품고 살았던 우정을 위해
우리 서로 눈빛을 맞추고
달무리처럼 둥글게 손을 잡자.
동문이라는 이름으로 우리는 하나가 되고
혈관에 맥박이 통하는 명금인의 숨결로 살아가자.
반세기 넘게 자란 명금 목(木)
곱고 짙게 꽃피우자.
찬란한 역사의 명금호를 무한대의 대양에 띄워보자.
백봉산 정기 아래 꿈을 키우고
명금 호수 맑은 물에 마음을 닦았던
우리 명금인은 하나 되어 작렬하는 8월 태양 아래
손에 손잡고 돌아보자.
그날의 따스했던 기억을 되살리며
펼쳐질 훗날의 비상을 꿈꾸며!

죽마고우(竹馬故友)

친구야 오늘따라 너의 얼굴 보고 싶다
뒷동산 돔 바위에 산 꿩이 울어대면
해진 신발 동여매고 온 산을 누볐었지

새끼줄 둥글게 엮어 축구공 만들어서
벼 베어낸 텃논에서 해 지는 줄 몰랐었던
베잠방이 시절로 돌아갈 수 없는 거냐

지금 너는

옛 친구 그리울 땐 옛 노래 불러 본다
하모니카 슬픈 곡에 가슴 설레던 그 시절
지금도 그날 그려 그 노래 불러 본다

불효자는 웁니다 노래하며 울던 친구
내 손을 굳게 잡고 진한 우정 주던 벗아
되돌릴 수 없는 젊음 너도 많이 늙었겠지

그리워

여보게 자네 지금 무얼 하고 계시는가
저녁상 물려놓고 티브이 앞에 앉았는가
날개 달린 영상 타고 눈 감고 누웠는가

늘 푸른 마음으로 살아가자던 그때의 말
무지개 펼쳐지던 젊은 날 우정의 끈
지금도 그 말을 잊지 않고 기억하네

이처럼 눈 오는 밤 옛날이 그리울 땐
먼지 낀 추억록에서 세월을 찾아보게
그 속에 내 얼굴 보이면 전화라도 하여 주게

나오너라 친구야

친구야 시간 내서 읍내로 나오너라
우리 둘이 만나면 여러 친구 불러 보자
만난 지 오래되어 친구들이 보고 싶다

잘한다는 술집 들러 소주 한잔 기울이자
장어탕에 돼지 구이 전복으로 안주하고
거나한 기분으로 세상 얘기 나눠 보자

읍내가 답답하면 멀리 한번 나가 보자
다리 건너 우수영에 안주가 좋다더라
웃통 벗어 걸어 놓고 어디 한번 취해 보자

내 돈이 모자라면 너의 지갑도 털어 보자
우리 모두 지갑 털면 술값이야 못 내겠나
까짓것 부족하면 외상 처리 하면 되지

조시(弔詩)

오십 년 맺어온 정이 이렇게 끝나는가
봄이 오면 한데 모여 놀러 한번 가자더니
봄은 오고 너는 가니 이 어인 변고인가

문득 돌아보니 꿈같은 오십 년
한 조각 구름인 양 머물다 가시는가
인생의 무상함을 몸소 보여 주시는가

이것이 꿈이런가 다시 올 수 없는 길
평생의 못 부른 노래 마음 놓고 부르시고
참아왔던 울음도 마저 실컷 우시구려

가시면 못 오는 길 왕복 차표 없는 그곳
사바세계 온갖 번뇌 모두 털어 버리시게
남아 있는 우리 모두 자네 명복 빌어 보네

진도노인복지관 칠행시

진실한 행복이 무어라고 생각하오
도시보다 농촌에서 흙냄새 맡으면서
노력의 대가만큼 누리고 사는 것이
인간의 기본이며 행복이 아닐까요?
복지관에서 만난 우리 늙었다 서러워 말고
지금도 젊은이들 못지않다 여기면서
관록을 보여주자 세월 먹은 친구들아

금골산

흔들면 굴러갈 듯 깎아 세운 바위 모여
천고의 이야기 말없이 간직한 채
구름인 듯 안개인 듯 쉬어가는 금골산

동자승 물 길어 다니던 오솔길에
방초만 우거져 세월은 무심한데
절벽 위에 모셔놓은 부처의 범어 소리

끊긴 목탁 소리 바람결에 들리는 듯
상좌승 배낭 메고 오르내린 돌 길가에
공양미 흘러나온 돌구멍에 신비여

이삿날

30년 살아온 곳 군내면 연산리.
내 인생에 가장이 고스란히 고인 곳
누구의 배웅도 서운한 감정 없이
그저 이사한다는 설렘 안고서
읍내 아파트에 짐을 풀었다.
서른 해 전에 초등학교 1학년이던 막내가 이사를
주도하였고
딸과 둘째가 짐 옮기는 것 도와주어 어려운 이사를
마쳤다.
살던 곳에 미련도 없다.
하늘은 맑고 바람도 잔잔했다.
내 삶이 얼마나 남았는지 몰라도
오늘 날씨처럼 푸근하고 따스한 삶이었으면 좋겠다.
나 웃으며 살리라. 그리고 남루하지 않게 살리라.

-2011년 9월 16일

내게도 그런 시절이 있었다

나에게도 그런 시절이 있었다
맨살을 내어놓고 눈을 맞으면서
거리를 달리던 그런 때가 있었다

저수지 둑에 옷을 벗어놓고
헤엄을 쳐서 저쪽 둑을 가고 오던
그런 시절이 있었다

노래를 부르면서 산에 올라가도
숨이 차지 않던 시절
영어 단어를 남들보다 많이 외우고
수학 문제를 남보다 먼저 풀어
촉망받던 그런 시절은 다 어디로 갔을까?
정말 어느 곳으로 가버렸을까?

아, 지금의 나는 누구인가!

노인복지관에서

나 지금 무얼 하려고 여기에 서 있는가!
진도 진도노인복지관 앞마당.
세월 속에서 찌든 삶을 헤엄쳐 온
노인들의 얼굴에 깊이 팬 주름살
뒤뚱거린 걸음은 삶에 찌든 지난날의 이력서이다.
내게 과연 얼마의 세월이 남았을까?
생의 종점이 그다지 멀지 않은 것만 같은데
삼삼오오 모여들 앉아 지난날을 얘기하고
써래 같은 이빨로 점심을 먹고서
토해내는 서글픈 언어들은
세월을 너무 많이 먹어버린 한 섞인 절규이리라.

눈길을 걸으면

눈이 내리는 날엔
나이를 잊어버린
아이이고 싶다
눈 속에 숱한 추억들이
새록새록 생각이 난다
세상의 어려움도
먼지 앉은 생각들도
순백의 대지처럼
티 없이 맑게
오염되지 않는 그런
삶이고 싶다
해묵은 기억 저편
어둡고 아픈 기억들은
멀리 날려버리고
눈길에 남겨진 발자국처럼
또렷한 족적을 남기고 싶다

그런 깨끗한 삶 살고 싶다

봄은 어디에

대동강 물 풀린다는 우수 지난 산골짜기에
달려오다 지친 봄이 그곳에서 쉬고 있나
안개꽃 짙은 그곳 달려가 보고 싶다

이슬비 오는 거리 우산 없이 홀로서면
바람은 불어 차도 날이 무딘 겨울바람
어디쯤 오시는지 새가 우는 그 봄날이

마당가 목련 망울 어제보다 또렷하고
매화꽃 붉은색이 눈에 띄게 커지는데
벗기 싫은 털 잠바 아직도 효자일세

강변 추억

실버들 가지가지 물에 젖어 태질하고
소금쟁이 맴을 돌던 구수둠벙 물속에는
올봄에도 송사리가 떼로 몰려다니는가?

비가 오면 물 넘치던 방죽 아래 웅덩이에
은린옥척 붕어낚시 해 지는 줄 모르던
까까머리 내 친구들 그 기억 하고 있나

묵상(黙想)

이끼 낀 세월
모퉁이 돌아 가쁜 숨 몰아쉬며
달려온 육십 계단에서
반백의 머리에 놀라
꿈은 도망가 버리고
시골집 굴뚝에서 나오는
연기처럼 기억은
실타래로 풀리는데
부르기도 두려운 젊은 날의 초상은
가슴에 짙은 무늬로 박혀있다
어릴 적 소녀의
물동이 받쳐주던 똬리처럼
가장자리가 텅 빈
알맹이 없는
세월의 달려가는 소리가
눈 감으면 들리는 것 같다

3부

고향

봄이 오면

해마다 찾아오는 봄이련만
세월이 많이 흐른 올봄은
너무 늦게서야 내게 온다
진달래 피고 벚꽃 피어나는
그 봄이
어서 내 눈에 보였으면…

가녀린 마음으로
고향 산 아래에
흐르던 물소리가
밤마다 잠자리에서
귓가에 맴돌면
마당에서 구슬치기하던
그 시절 동무들이
보고 싶어진다

이제는 그들도 거의 다
유명을 달리한 오늘
나 또한 그들 앞으로
달려갈 날이
그리 멀지 않았으리니

봄은 왔건만 여전히 겨울이네

들풀

들풀처럼
선택받지 않은 곳에 태어나
사나운 바람
가슴으로 막으면서 살아온
축복받지 못한 삶이지만
고희 넘은 오늘도
살아있다는 것이 축복 아니더냐

모퉁이 돌아서면
다시 좁은 골목길
그 골목 지나서 가는 곳이 어디냐

망가진 육신의 통증에
신음마저 털어놓지 못하여
혼자서 삭여야 하는 몸부림은
피할 수 없는 삶의 업보일까

누군가에게 밤을 새우며
털어놓고 싶은 사연들을
허공에 뱉으면서
혼자만의 길을 오늘도 간다

낙서로 남긴 추억

마음이 왜 이리 허전할까.
솟구치는 분노가 발산될 때면
억제력을 상실한다.
내 살아온 지난 세월이
그다지 역경으로만
점철된 것이 아니라고
억지로 마음을 먹지만
무엇인가 항상 목마르고
부족한 삶이었다.
허기진 창자처럼
늘 주머니는 비어있었고
상가에 진열된 물건들은
나와는 거리가 먼
다른 세상의 것이었다.
사람들은 모두가
나보다 앞서나가니
물기 머금은 눈으로 바라보는 허공과

서랍장에 진열된 책들과
생각이 가는 대로 긁적거린
일기장이 그나마
나를 지탱해 주는 버팀목이었다.

인동초(忍冬草)

인동초 하나를 뿌리째 캐어 와서
뒤뜰 안 빈터에 고이 심어 보면서
삼동에도 매찬지조 나도 배워 보련다

내 설움 많다 하여 울고만 있을쏜가
본디 인생이란 고해라 하였거늘
차가운 세상살이 인동초로 살으리라

여름 단상

선풍기 먼지 털어 안방에 놓아두고
등줄기 흐르는 땀 식혀가는 아침나절
천하가 내 것인 양 낮잠이 절로 온다

작업복 갈아입고 면장갑 찾아 끼고
밀짚모자 눌러쓰고 마당에 나와보니
햇볕이 너무하다 할 일이 태산인데

정신력

젊은 날 그 예리했던 정신력은 어디로 갔을까.
책을 읽어도 어제 읽은 내용이 떠오르지 않는다.
이건 정말 심각한 문제이다.
내 학창 시절 어려운 문구들을 쉽게 외울 수 있었고
수학 공식 영어 단어 외워
선생님의 칭찬을 받던 정신력이었다.
내 생에서 빠뜨릴 수 없는 일 하나.
초등학교 6학년 때 삼일 독립선언서를 전교에서
오직 나 혼자만이
열흘 만에 외울 수 있었다.
그때 일을 떠올리면 지금의 내 정신력이 두려워진다.

그러나 이런 내 정신력으로도 중심을 지키고
살아가야 한다는 의지만큼은 잃지 않고 있다.

역마살

떠나버린 고향이기에
흘러가는 구름에도
안부를 물었다
누군가를 붙들고
긴 얘기를 삭여야 하는
나그네처럼
역마살의 숙명을 안은 나는
자주 신발 끈을 고쳐 매었다

슬픈 계절에 태어나
추운 광야에 떨고 있는
나는 갈 곳 없는 고아였다
반겨줄 사람 없는 곳을
혼자서 찾아가고
보내는 이 없어도
떠나야만 하는
바람 찬 항구에
닻줄 없는 조각배였다

효자 오토바이

언제나
내가 가자는 곳으로 달려가며
불평 한마디 하지 않는
너는 분명 내 분신이거니
나를 싣고 내가 원하는 곳으로
피곤하지도 않은지
나를 데려다주는 너에게
지금껏 나는 소홀한 대접을 했다
먹는 것이라곤 기름 몇 방울
내 가녀린 소망이 있다면
다치지 말고 오랫동안
지금처럼 그런 효도를 하여다오

갈대숲의 바람 소리

먼 산봉우리의 석양 노을 비낀 녘에
아련한 기억 속에 떠오르는 얼굴 얼굴
흘러가는 구름 저편에 보이는 듯 그리워라

땅거미 짙게 깔려 안개 가린 기억마저
알알이 터진 상처 맘 부림에 뒤척이면
갈대숲을 헤집는 쓸쓸한 바람 소리

헝클어진 머리칼을 손가락으로 쓸어보면
눈물 어린 시절이 자맥질로 떠오르고
마음마저 시린 바람 옷소매에 파고든다

금연

담배 한 갑 사서 들고 가게 문 나선다
이것이 마지막이다 독한 맹세해보지만
그 담배 다 피우고 다시 찾는 담뱃가게

모질지 못해서냐 의지 약한 탓이더냐
그 여린 마음으로 세상 어찌 살아왔나
끊어야지 끊어야지 다짐한 게 몇 번이냐

라이터 찾아서 길바닥에 팽개치고
피우다 남은 담배 화장실에 털어버렸다
영원히 사라져라 마법의 연기여!

농부의 한

깨알 같은 작은 씨앗 땅에 묻은 그날부터
자식처럼 가꾸면서 가보인 양 보살피며
내 삶의 전부라고 여기면서 보낸 세월
어제는 들에 나가 논둑 풀 베어놓고
오늘은 멸구 잡고 피살이 하면서도
지칠 줄 몰랐었다 해 지는 줄 몰랐었다
흙을 딛고 흙을 먹고 흙과 보낸 지난 세월
고마울 것 하나 없다

나를 속인 흙의 배신아!
아스라이 세월 저편이
후회 속에 눈물겹다

농사지으면서

갈대가 시들은 댓돌 길을 걷노라면

늦가을 바람이 몸을 스친다.

어디서 들리는지 뜸북새 울음도 들린다.

농사일하는 내 거친 손마디처럼

검고 주름진 지난 내 젊은 날들이

선뜻선뜻 지나간다.

지난여름 무더위 속에서 김매고 농약 뿌리며

가꾼 벼수확이 끝난 을씨년스러운 논바닥에는

이렇게 바람이 훑고 지나간다.

논둑길 지나 큰길에 나와서 지나는 수많은

차들을 바라보고 금골산 정상에 앉은

큰 바윗돌에 시선을 돌리면

하늘가엔 바람을 머금은 구름들이 바쁜 듯 달려간다.

철 만난 오리 떼가 줄지어 날아간다.

거울 앞에서

거울 앞에서 다소곳이 머리에 빗질하고
면도기 날을 세워 턱수염 깎아내고
볼품없는 이 얼굴로 많이도 굴러왔다

손등의 굵은 힘줄 찌든 삶의 표시인가
저려오는 무릎관절 통증 심한 이 십자가
슬픔의 늪 속으로 나를 몰고 가고 있다

논둑에 서서

그해 여름
태풍이 쓸고 지나간 논둑에 서서
흙탕물 속에 쓰러져 있는
벼 이삭들을 바라보면서
낫을 들고 한숨으로 울먹이는 아내

물기 머금은 눈망울에 그려진
어린 자식들의 얼굴이
내 심장을 오려내고
논둑을 뛰어다니는
개구리들마저 야속하게 느껴질 때
농부라는 이름으로 살아온 것이
후회로 얼룩졌다

등록금 내지 못해 학교에서 쫓겨나는
자식들 모습이 허공에 그려지고
바다 같은 들판 위에

날아다니는 새들이 마냥 부러웠다

검은 얼굴에 몸뻬 입은 아내를
억지로 집으로 보내고서야
논둑에 앉아
나도 마음 놓고 울 수가 있었다

세월 흐른 들판에
또다시 추수철이 왔지만
지난 세월 악몽의 상처가
아직도 가슴을 때린다

농부로 살 수밖에 없는
기구한 운명을 안고
오늘도
어두운 길을 터벅터벅 걸어간다

고향

농사 결별

모내기 논에 제초제를 뿌리고
맘 깊은 곳에 자리한 회의감을 본다
땅을 일구며 살아온 삶은
가난과 한숨뿐

사람에게 먹는 것이 기본이라면
농사꾼이 부자여야 하지 않은가?
행복은 멀어지고 현실은 서글프다

단 하루도 농사로 행복하지 않았다
그렇게 늙은이가 되었다

네 명의 자식들이 어찌 자랐는지

세월이 살 같다

이제 농사는 마지막이라고

들판에 서서

아쉬움도 없는 밀짚모자를

벗어 던지련다

농사와 결별을 하련다

들녘 길에서

촘촘하지 못한
내 심연의 가장자리에 파장이 일고
겨냥 않고 던진 돌팔매에 맞아
상처 난 내 날개의 통증이
밤이면 진한 신음으로 이어진다

바램도 회한도 차단당한 채
날은 가고 또 해는 바뀌고

이제 이순의 포구를 떠난 배는
다시 노 저어 고희의 항구를 향하는데
운명 앞에 온순히 순응함이
순리라고 믿으면서
바람 찬 들녘에 혼자 서 있습니다

고향

왕궁산 가는 길에 산새가 우짖고
샛바람 하늬바람 소나무 울릴 때면
도명포 파도 소리 아련히 들리던 곳

너희 밭 내일 메고 내 논은 모레 메자
오늘은 돈지장에 동무하여 함께 가고
밤이면 등잔 아래 고구마 먹던 옛날이여

막걸리 한 사발에 천하가 내 것 되고
가난도 고달픔도 그저 즐겁기만 하던 시절
지금도 뒷동산에 진달래는 피었겠지

바람 따라 굴러라

굴러라 바람 따라 굴러라
풍진 세상에 안주 못 하는 돌멩이여
신의 가호가 차단당한
어긋난 운명을 감수하면서
풍설에 살이 끼고
울음은 체내에서 여과되어
웃음을 잉태하는 돌멩이여
굴러가라 땅끝까지
깨지지 말고 마구 굴러라
지나온 삶은
떠도는 혼령처럼 허공의 절규였다
참패한 자의 변명이었다
아! 역행 말고
바람을 따라서 굴러라 굴러

비 내리는 밤 포구

비 내리는 포구에 어둠이 깔리면
서러운 옛 기억에 눈물이 나고

고운 님 모습이 눈에 삼삼 그리워
파도치는 선창가에 우산 받고 섰습니다

갯비린내 번져가는 초사리 깊은 밤
임 그려 잠 못 드는 정 깊은 이 한밤

파도가 소야곡으로 가슴에 박혀오면
임 계신 창문으로 달려가는 그리움

읍내 가는 길

어릴 적 꿈이 배인
황톳길 이십 리
지금도 길 지나노라면
친구 놈들의 재잘거림이
들려올 것 같다
왕고개 섭 리 바위에 앉아
등굣길에 먹어 치우던
도시락 김치 냄새가
지금도
돌 바위틈에서 풍겨 오려나
수용소 아래 밤나무골에서 들리던
산새들의 울음소리는
깎여진 고목 둥치 속에
고스란히 배어 있겠지

접도(接島)

소리쳐 부르면 들릴 듯한 거리에
바닷물 왔다 가고 다시 또 오고 가고
물 나면 육지 되고 물이 들면 섬이 되고
밤이면 해풍도 보금자리 꾸미는 곳

원두리 고개에서 바라본 금갑 포구
천고의 신비 지녀 우람한 이 터전에
굴 따는 여인의 노랫소리 높아지면
죽림 쪽 바다 건너 버스 소리 들려온다

황모시 바람 소리 귓전을 후려치면
여기가 어디인가 아담한 접도 학교
수품리 팽나무숲 그늘에 땀을 식고
널려진 멸치 내음이 어촌이라 이른다

4부

세월

폐기된 삶

차라리 차라리 세상에서
나를 폐기처분 해라
웅장한 트랙터가 지나간 자리
자식처럼 가꾼 외 대파가 잘려질 때
이차돈의 피처럼 맑은 진액이
내 눈물인 듯 흘러내리고
기계 소리는 내 한숨에 묻혀서
차라리 정적이었다

유난히 무더웠던 지난여름
기승부린 병충해와 싸워가며
농부라는 이름으로 살아온 땀과 눈물
아내의 그을린 얼굴 보며
아픈 마음 참았는데
팔리지 않는다고 폐기처분 함은
적지 않은 죄악이고 큰 범죄 행위다

대파 쓰러지듯이

농부의 이름으로 살아온 우리

이런 삶 계속할 바엔

차라리 차라리

내 삶을 폐기처분 해서

세상에 버려진 채로

쓰린 눈물 없는 잠이나 자고 싶어라

후회스러운 통증

두루마리 화장지처럼
풀려나는 지난 일들이
굽이굽이 후회로
얼룩진 궂은 사연
새파란 언덕 저편에
깨알처럼 박혀있다

가슴 저민 아픈 통증
밀어내고 싶은 추억
문신처럼 새겨있는
지울 수 없는 상처들이
걷고 있는 논둑 길 위의
잡초처럼 무성하다

로또 복권

돼지꿈이 길몽이라기에
로또 복권 열 장 사서
주머니에 넣고 나니
당장 부자 된 듯하다

친구들 불러모아
삼겹살 내가 쏜다

추첨일 날
텔레비전 앞에 들뜬 마음으로 앉아서
여섯 숫자 튕겨질 때
내 마음도 함께 튕긴다

같은 숫자가 하나도 없어
아! 나를 울린 돼지꿈아

통증 심한 세월

궁핍하더라도 남루하지 않게
넉넉한 마음으로 살아가자던
젊은 날의 다짐은
경로당에 쓰여있는
내 이름처럼 초라하다

겨울밤 따뜻한 아랫목에
긴긴 얘기처럼
삶의 질긴 항해는
숱한 사연을 머금은 채
세월은 이렇게 달려만 간다

망가진 육신의 마디마디가
저기압 흐르는 이런 밤이면
통증 심하게 아려와도
불평 쏟을 곳 하나 없다

감추어진 넋두리를

안으로 안으로만 삭이면서

오늘은 가고 또 내일은 오네

나는 죄인이로소이다

사법기관에서 나를 체포해 가지는 않겠지만
나는 명백한 죄인이리라
평생을 감옥에서 살아야 할 중범죄인!
그것은 법 이전의 사회적 통념적 윤리에 속한다
아내에게도 자식에게도
불충분한 지아비였고 아버지였다

비단 재력이 없고 능력이 없다는 문제가 아니고
더 근본적 내면의 세계를 비추어 본다
아내의 의사와 의식을 무시한 채
내 방식만을 고집하는 피곤한 남편이었고
수입이 없는 가장이면서도
자식들에게는 상명하복만이
도리와 질서라고 고집하고
그들의 의사를 묵살하고
요구에는 인색한 아버지였다

자식들이 성인이 된 지금에도
의식을 쉬이 고치지 않고 있으니
이보다 더 큰 죄가 어이 있으랴

무기수가 아닌 사형수가 적절한 공판이리라

세월의 응달

가슴 시린 통증으로 다스려온 마음 하나
설한풍 찬 기운에 옷깃 하나 안 여미고
오늘도 낯선 길에 떨고 있는 나그네여

잊혀진 옛이야기 더듬어 만져보면
그 사연 하나하나 눈물이 고여 있어
세월의 응달에서 추억에 젖어든다

고래희(古來稀)

예순아홉 많은 나이 부끄럽지 않았었다
한 계단 더 올라 고희의 슬픈 나이
한세상 무딘 걸음 돌아보니 찰나였다

경로당 문설주에 늙은 몸 기대고서
먼 하늘 바라보니 뭉게구름 흘러간다
힘없는 다리 어깨 휘젓는 저녁나절

울먹인 세월

얼레빗 같은 이빨로 씹어 삼킨 숱한 세월
먹고 또 먹었지만 허기진 가는 허리
그 허리 부여잡고 노 젓는 내 삶이여

흥겨운 박자 속에 읊조리는 노래 있어
어깨 짓 들먹이며 춤사위 펼쳐보면
끝내 울먹이는 구슬픈 내 가락이여

선인장 가시같이 가느다란 내 마음이
터질 듯 여미어 잡은 멍울은 가슴앓이
비 오는 밤거리에 우산 없이 서 있는 나

노래는 내 인생

즐거울 때도
마음이 아플 때도
익혀온 대중가요를 흥얼거린다
내 마음 저 밑바닥에
질펀하게 깔려 있는
폭발하지 못한 분노와
터트리지 못한 슬픔을
노래로 달래보는 것은
내 유년의 시절부터
익혀온 버릇이다
몸짓은 없어도
목소리는 작아도
내 마음 깊은 곳에서
매일 분출하는 노래는
일상의 없어선 안 될
나의 영양소이어라

새 달력을 걸고

인고로 먹어 치울 삼백예순다섯 날을
세월의 계단 딛고 벽에 걸어 놓았더니
그리운 이름들이 방 안 가득 눈에 가득

먼저 간 사람들이 살고 싶던 오늘인데
너와 나는 건강하여 형이야 아우야
고달픈 삶이지만 살아 있어 복된 세상

무릎 시린 세월

갈아 끼운 필름으로 새로 찍은 삶의 멍울
가쁜 숨 몰아가며 내달려온 인생행로
짓이긴 한숨으로 삼켜버릴 삼백예순 나날

무릎 시린 영혼 속에 갈무리된 그리움을
달빛 푸른 밤이 되어 실타래로 풀어보니
주름진 두 눈가에 맺혀오는 이슬방울

새벽길

적막한 어둠을 열고
마음 따라 걷는 길
한걸음 디딜 때마다
밀려오는 그리움

중의 적삼 짚신 발로
장군 통 둘러맨
아버지
부뚜막 걸터앉아
누룽지 끼니 들던
어머니
깜깜한 이 길
끝까지 가면
다시 만날 수 있을까

아버지 등에 오르고
어머니 무릎 누워
어린양 부리던
그날이 달처럼 환하게
떠오르는 새벽길

그저 걷는 것이 삶이라서
울며 웃으며 걷는
새벽 다섯 시
인생길

노래의 한을 싣고

소리 높여 노래 부르고 싶다

쌓인 사연과 한 짙은 삶

애절한 사랑의 종말과

그 사람의 아련한 추억을 그리면서

목청 돋우어 노래를 부르고 싶다

심장 깊은 곳에서 토해내는

나의 노래는 결국 통곡으로 끝나리라

어지러운 가슴속

엉킨 서러움들을

진한 알코올로 중화시켜

하늘 향해 부르짖는 가락은

절규요 함성이다

그리고 세상을 향한 아우성이다

들어줄 이 없는 얘기들을

흰머리 뽑아내듯이

하나하나 추슬러

노래로 여과시키련다

막내가 울던 날

이사 가기 싫다고 울던 막내아들
땅에 발을 구르고
울던 모습 따라 나도 울었다

집과 전답을 팔고
군내면으로 이삿날을 정하던 그 순간
여덟 살 아들을 달랠 수가 없었다

옮겨심은 나무처럼 탁근하지 못하고
열매 맺지 않은 세월이었기에
막내아들의 마음을 알듯도 하였다

그 아이가 장성해 결혼하였고
푸른 수목으로 내 삶을 풍성하게 만들었다
이제는 웃으며
의신면 사람들 얼굴 그리면서
지나간 찬바람을 되씹어 삼켜본다

밤차

고향 가는 밤차
기다리는 대합실
선물 꾸러미 만지노라면
손끝에 잡히는 고향은
어머니의 얼굴과 함께
가슴에 흘러내리고
달리는 차 창밖에
흰 눈이 내려
굳은 기억을 덮어가는데
설렘에 지친 눈가엔 벌써
고향의 정경이 보인다

잊혀진 기억들이
불빛처럼 스쳐 가면
지천명의 얄미운 연륜이
슬픔으로 다가온다
그리운 이의 모습마저 잊고 살아온

먼지 앉은 도시의 탈출은

언젠가 해 질 녘에

불러본 소녀의 이름처럼

영원함이 아니기에

불안한 행복이 지속되는 생활을

망각하기 위한

짧은 외출의 처절한 몸부림이다

농부

천 개로 늘어나는 땅에 진실 굳게 믿고
천 년을 지켜온 이 지친 가난 안고
천 가지 시름으로 뒤척이는 민초여

이랑진 얼굴에 근심 고여 서려 있고
손바닥 거친 마디 마음마저 굳었는데
그래도 달려야 할 아득한 천 리 길

설

서러운 일들이 한으로 결빙되어
우리 주머니에서 숨죽여 살다가
설날 아침에 해빙되어
높은 소리로 거리에 퍼진다
먼 조상들이 무명옷 적셨던 땀방울과
어매들이 행주치마에 쏟던
진한 눈물의 의미는
삼백예순날 삼켰던 서러움을
하소할 곳 없는 민초의 한이다
잘게 썰어놓은 국떡처럼
소망은 조각조각 한풍에 떨고
엉킨 실타래로 삶은 흘러가는데
새로울 것 없는 날은
삼복 때보다 진한 갈증으로
부뚜막에 쌓인다

슬픈 기억

시린 턱 손으로 감싸고
먼 하늘에 눈을 던지면
꿈마다
고향 뒷산 오솔길이 보이고
안으로 멍울진 쓰린 기억들이
고개 들고 다시 나온다
이삿짐 차에 싣고
황토 재 넘어올 때
섧게 울던 고모는
세상을 떠나시고
손 흔들어 주던 어르신들도
거의 다 가셨겠지
밤이면 울어주던 부엉이
오늘 밤도 뒷산 바위에서
부엉부엉 울겠네
물오리 떼 줄지어
가는 하늘가에

눈이 컸던 친구 녀석 얼굴이

아! 떠오르고 사라지고

싸늘한 세월

깨알 같은 작은 글씨로 나의 큰 삶 적고
인고의 날과 탈을 노 저어 가는 사공 되어
밀려오는 풍랑을 가슴으로 맞고 살자

무서리 내리던 밤 달빛마저 얼던 밤
무리 잃은 철새 하나 날아간 하늘가에
기억의 실타래가 유성 따라 흐른다

갈바람

잊자고 잊어야만 한다고
헝클어진 머릿속
가슴 찌르는 일들을
털고 쓸어버려도
잔설 고여 있는
오솔길 걷다 보면
숨었던 사연들이 고개를 든다
무리를 이탈한 철새처럼
낯선 숲속에서 혼자서
졸음을 달래는 세월이라
가난한 농부 부뚜막에 쪼아놓은
간절한 기도가 효험 있어
나 아직 살아 있네
먼지바람의 세상이지만
검은 바람을
몸으로 막고 살아 있네

너희 있기에

황량한 벌판에
홀로 걷는 나그네 되어
찬 바람 몸으로
맞고 사는 삶일지라도
내 곁에 너희 있기에
가녀린 어깨에 힘이 솟고
먼 길을 돌아와도
피곤하지 않고 기운이 넘친다
넝마같이 찢긴 마음의 조각들
꿰매고 맞춘
조각보 같은 인생 둥치
다시 부화해서 잉태시킨 날들을
여명 속에 웃으며 맞고 싶다
너희 있기에
나 살아있는 의미 있고
바람 막아주는 울타리 있다

삶이란 서로의 관계 속에서
이어지는 몸부림이다

통증

이끼 낀 세월 저편 목마른 심한 갈증
가슴 훑는 통증으로 움푹 팬 깊은 상처
내 설움 알알이 박혀 구멍 숭숭 뚫린 자국

처방 없는 중병으로 명약도 효험 없고
비명 한마디 못 지르는 감춰야 할 나의 병
새벽 별 싸늘한 기온을 끓여서 빌어 본다

망각의 세월

불혹의 늦바람이 찬 서리 몰고와서
가녀린 잎새들을 모질게 침노하니
나그네 가슴 깊이 떨려오는 그리움

망각의 세월에 못다 부른 노래들을
메마른 입술 가에 넋두리로 읊조리면
무지개 뜨던 그 날이 눈물 되어 흐른다

　　무뎌진 감성과 느릿한 몸짓이지만 그래도 무엇
인가 맘 가는 대로 긁적거리고 싶었다. 지난 버릇이 오
늘의 맘 부림으로 와 어쩌면 삶의 끝을 눈앞에 두었다
고 생각하니 처량하고 슬픈 마음이 가슴을 후빈다. 마
흔을 갓 넘기고 떠난 고향. 그리고 옮겨온 곳에서 서른
해. 내 가냘픈 삶은 닳고 닳은 신발의 밑창처럼 늘 해
지고 바쁜 생이었다. 하지만 지난 세월을 탓해서 무엇
하랴. 여기 쓴 글은 지나온 내 삶의 표시이며 가슴속
쓰린 절규이다. 나의 애절한 글의 구절들이, 읽는 이들
의 가슴에 동화되었으면 하는 바람이다. 글의 질서도
모른 채 써 내려간 것을 탓하지 말고 내 작은 아우성이
라고 여기며 읽어주길 바랄 뿐이다.

　　　　　　　　　　- 어느 늦은 밤에 진도에서 *박주민*

세월 품은
고향 풍경화

초판 1쇄 발행 2023. 8. 21.

지은이 박주민
펴낸이 김병호
펴낸곳 주식회사 바른북스

편집진행 김재영
디자인 양헌경

등록 2019년 4월 3일 제2019-000040호
주소 서울시 성동구 연무장5길 9-16, 301호 (성수동2가, 블루스톤타워)
대표전화 070-7857-9719 | **경영지원** 02-3409-9719 | **팩스** 070-7610-9820

•바른북스는 여러분의 다양한 아이디어와 원고 투고를 설레는 마음으로 기다리고 있습니다.

이메일 barunbooks21@naver.com | **원고투고** barunbooks21@naver.com
홈페이지 www.barunbooks.com | **공식 블로그** blog.naver.com/barunbooks7
공식 포스트 post.naver.com/barunbooks7 | **페이스북** facebook.com/barunbooks7

ⓒ 박주민, 2023
ISBN 979-11-93127-95-7 03810